给孩子的古诗词

图书在版编目（CIP）数据

给孩子的古诗词/叶嘉莹编.—北京：中信出版社，2015.9（2024.7重印）
ISBN 978-7-5086-5476-8

I.①给… II.①叶… III.①古典诗歌－诗集－中国－少儿读物 IV.①I222.72

中国版本图书馆CIP数据核字（2015）第207493号

给孩子的古诗词

编　　者：叶嘉莹
出版发行：中信出版集团股份有限公司
　　　　　（北京市朝阳区东三环北路27号嘉铭中心　邮编　100020）
承 印 者：北京联兴盛业印刷股份有限公司

开　　本：880mm×1230mm　1/32　印　张：7.5　字　数：15千字
版　　次：2015年9月第1版　　　　印　次：2024年7月第34次印刷
书　　号：ISBN 978-7-5086-5476-8
定　　价：38.00元

图书策划：活字文化

版权所有·侵权必究
如有印刷、装订问题，本公司负责调换。
服务热线：400-600-8099
投稿邮箱：author@citicpub.com

给孩子的古诗词

叶嘉莹 选编
张 静 整理

中信出版集团 | 北京

官方网址：www.mtype.cn
特约编辑：黄纯一
装帧设计：木木

目录

序   19

诗

	诗经·秦风·蒹葭	22
	古诗十九首·迢迢牵牛星	23
陶渊明	饮酒二十首【其四】	24
	饮酒二十首【其五】	25
	敕勒歌	26
陆凯	赠范晔	27
王勃	山中	28
	送杜少府之任蜀州	29
宋之问	渡汉江	30

贺知章	回乡偶书【其一】	31
陈子昂	登幽州台歌	32
张旭	山中留客	33
张九龄	感遇	34
	望月怀远	35
王之涣	凉州词	36
	登鹳雀楼	37
孟浩然	春晓	38
	宿建德江	39
	过故人庄	40
王翰	凉州词【其一】	41
王昌龄	出塞【其一】	42
	从军行【其四】	43
	芙蓉楼送辛渐	44
王维	山中送别	45
	杂诗三首【其二】	46
	鸟鸣涧	47

	竹里馆	48
	送元二使安西	49
	九月九日忆山东兄弟	50
	使至塞上	51
裴迪	华子冈	52
李白	静夜思	53
	独坐敬亭山	54
	夜宿山寺	55
	闻王昌龄左迁龙标遥有此寄	56
	望庐山瀑布	57
	春夜洛城闻笛	58
	赠汪伦	59
	黄鹤楼送孟浩然之广陵	60
	早发白帝城	61
	望天门山	62
	峨眉山月歌	63
	黄鹤楼闻笛	64
	山中问答	65
	送友人	66
	关山月	67
	月下独酌	68
	长干行二首【其一】	69
崔颢	长干行【其一】	70

	黄鹤楼	71
高适	别董大【其一】	72
杜甫	绝句二首【其一】	73
	绝句二首【其二】	74
	绝句四首【其一】	75
	江畔独步寻花【其六】	76
	江南逢李龟年	77
	赠花卿	78
	望岳	79
	房兵曹胡马	80
	春日忆李白	81
	除架	82
	春夜喜雨	83
	春望	84
	月夜	85
	旅夜书怀	86
	月夜忆舍弟	87
	闻官军收河南河北	88
	缚鸡行	89
缪氏子	赋新月	90
岑参	逢入京使	91

韩翃	**寒食**	92
张继	**枫桥夜泊**	93
刘长卿	**送灵澈上人**	94
	逢雪宿芙蓉山主人	95
	弹琴	96
司空曙	**江村即事**	97
刘方平	**夜月**	98
戎昱	**移家别湖上亭**	99
张籍	**秋思**	100
王建	**十五夜望月寄杜郎中**	101
戴叔伦	**过三闾大夫庙**	102
韦应物	**秋夜寄邱员外**	103
	滁州西涧	104
	早春对雪，寄前殿中元侍御	105
卢纶	**塞下曲**	106

李益	喜见外弟又言别	107
孟郊	游子吟	108
杨巨源	城东早春	109
韩愈	早春呈水部张十八员外	110
	晚春	111
	春雪	112
崔护	题都城南庄	113
刘禹锡	秋词	114
	乌衣巷	115
李绅	悯农二首【其二】	116
白居易	问刘十九	117
	观游鱼	118
	暮江吟	119
	大林寺桃花	120
	赋得古原草送别	121
	钱塘湖春行	122
柳宗元	零陵早春	123

	江雪	124
	渔翁	125
贾岛	寻隐者不遇	126
刘皂	渡桑干	127
杜牧	秋夕	128
	山行	129
	清明	130
	江南春	131
	登乐游原	132
	泊秦淮	133
陈陶	陇西行四首【其二】	134
李商隐	夜雨寄北	135
	嫦娥	136
	霜月	137
	登乐游原	138
	无题	139
高骈	山亭夏日	140
韦庄	台城	141

王驾	雨晴	142
郑谷	淮上与友人别	143
无名氏	杂诗	144
钱珝	江行无题	145
范仲淹	江上渔者	146
欧阳修	画眉鸟	147
王安石	题何氏宅园亭	148
	南荡	149
	封舒国公三首【其二】	150
	北陂杏花	151
	北山	152
	书湖阴先生壁二首【其一】	153
	赠外孙	154
	江上	155
	游钟山	156
	松江	157
	泊船瓜洲	158
苏轼	饮湖上初晴后雨二首【其二】	159

	惠崇《春江晚景》【其一】	160
	题西林壁	161
	望湖楼晚景	162
李清照	夏日绝句	163
陆游	秋思三首【其一】	164
	示儿	165
范成大	四时田园杂兴	166
杨万里	春日六绝句	167
	二月十一日夜梦作东都早春绝句	168
	道旁竹	169
	宿新市徐公店【其一】	170
	雨后田间杂纪【其二】	171
	舟过安仁【其三】	172
	南溪弄水回望山园梅花	173
	晓出净慈寺送林子方	174
	小池	175
	小雨	176
	闲居初夏午睡起二绝句【其一】	177
	闲居初夏午睡起二绝句【其二】	178
	入常山界二首【其二】	179
	春暖郡圃散策三首【其三】	180

	二月一日晓渡太和江【其一】	181
	万安道中书事【其二】	182
	桂源铺	183
朱熹	春日	184
	观书有感【其一】	185
林升	题临安邸	186
叶绍翁	游园不值	187
翁卷	乡村四月	188
戴复古	江村晚眺	189
赵师秀	约客	190
文天祥	过零丁洋	191
王冕	墨梅	192
张羽	咏兰花	193
袁枚	十二月十五夜	194
郑燮	竹石	195

| 龚自珍 | 己亥杂诗【其五】 | 196 |
| | 己亥杂诗【其二百二十】 | 197 |

| 高鼎 | 村居 | 198 |

词

| 白居易 | 忆江南 | 200 |

| 张志和 | 渔歌子 | 201 |

| 温庭筠 | 望江南 | 202 |

李煜	相见欢	203
	相见欢	204
	浪淘沙令	205
	虞美人	206

| 晏殊 | 浣溪沙 | 207 |
| | 浣溪沙 | 208 |

欧阳修	玉楼春	209
	浪淘沙令	210
	采桑子　十首【其二】	211
	采桑子　十首【其四】	212
	采桑子　十首【其五】	213
	采桑子　十首【其六】	214
	采桑子　十首【其七】	215
苏轼	定风波	216
	水调歌头	217
秦观	浣溪沙	218
周邦彦	浣溪沙	219
李清照	如梦令	220
	如梦令	221
	南歌子	222
岳飞	满江红	223
陆游	卜算子·咏梅	224
	诉衷情	225
辛弃疾	鹧鸪天	226
	西江月	227

	鹧鸪天·博山寺作	228
	清平乐·村居	229
	西江月·遣兴	230
	西江月（示儿曹，以家事付之）	231
	丑奴儿	232
	生查子	233
	南歌子（新开池，戏作）	234
	破阵子（为陈同甫赋壮词以寄之）	235
	清平乐（独宿博山王氏庵）	236
	菩萨蛮（金陵赏心亭为叶丞相赋）	237
蒋捷	霜天晓角	238
杨慎	临江仙	239
纳兰性德	长相思	240

序

我是一位九十多岁的老人,从小就喜欢读诗、背诗,从事古典诗词的教学工作也已经七十年了。这本不是出于追求学问知识的用心,而是出于古典诗词中所蕴含的一种感发生命对我的感动和召唤。在这一份感发生命中,蓄积了古代伟大之诗人的所有心灵、智慧、品格、襟抱和修养。所以中国传统一直有"诗教"之说。

其实我的一生经历了很多苦难和不幸,但是在外人看来,我却一直保持着乐观、平静的态度,这与我热爱古典诗词实在有很大的关系。现在有一些青年人竟因为被一时短浅的功利和物欲所蒙蔽,而不再能认识诗词可以提升人之心灵品质的功能,这自然是一件极为遗憾的事。如何将这遗憾的事加以弥补,这原是我多年来的一大愿望,也是我决意回国教书,而且在讲授诗词时特别重视诗歌中感发之作用的一个主要的原因。

这本《给孩子的古诗词》，共收录作品218首，其中包括177首诗和41首词，唯一的编选原则就是要适合孩子阅读的兴趣和能力。对于只以刻画工巧取胜者不予选录，超出孩子认知水平者亦不选录，所选诸诗对时代、作家、体裁等数量之比例也没有限制。我因为年老事忙往往精力不济，感谢张静，她为此书倾注了大量的心力。

曾有人问我：中国古典诗词会灭亡吗？我以为不会。中国古人作诗，是带着身世经历、生活体验，融入自己的理想志意而写的；他们把自己内心的感动写了出来，千百年后再读其作品，我们依然能够体会到同样的感动，这就是中国古典诗词的生命。所以说，中国古典诗词绝对不会灭亡。因为，只要是有感觉、有感情、有修养的人，就一定能够读出诗词中所蕴含的真诚的、充满兴发感动之力的生命，这种生命是生生不已的。

迦陵

2015年8月31日凌晨于温哥华家中

诗

诗经·秦风·蒹葭

蒹葭苍苍,白露为霜。
所谓伊人,在水一方,
溯洄从之,道阻且长。
溯游从之,宛在水中央。

蒹葭萋萋,白露未晞。
所谓伊人,在水之湄。
溯洄从之,道阻且跻。
溯游从之,宛在水中坻。

蒹葭采采,白露未已。
所谓伊人,在水之涘。
溯洄从之,道阻且右。
溯游从之,宛在水中沚。

> 《诗经》是中国最早的一部诗歌总集,收录了公元前11世纪至前6世纪的诗歌305首,作者佚名。

古诗十九首·迢迢牵牛星

迢迢牵牛星,
皎皎河汉女。
纤纤擢素手,
札札弄机杼。
终日不成章,
泣涕零如雨。
河汉清且浅,
相去复几许?
盈盈一水间,
脉脉不得语。

■ 《古诗十九首》为南朝萧统从传世无名氏《古诗》中选录19首编入《昭明文选》而成。

陶渊明

饮酒二十首【其四】

栖栖失群鸟,
日暮犹独飞。
徘徊无定止,
夜夜声转悲。
厉响思清远,
去来何依依。
因值孤生松,
敛翮遥来归。
劲风无荣木,
此荫独不衰。
托身已得所,
千载不相违。

■ 陶渊明(352或365—427),字元亮,又名潜,私谥"靖节", 自号五柳先生,晋、宋间诗人、散文家。

陶渊明

饮酒二十首【其五】

结庐在人境,
而无车马喧。
问君何能尔?
心远地自偏。
采菊东篱下,
悠然见南山。
山气日夕佳,
飞鸟相与还。
此中有真意,
欲辨已忘言。

敕勒歌

敕勒川,
阴山下。
天似穹庐,
笼盖四野。
天苍苍,
野茫茫,
风吹草低见牛羊。

■ 北朝民歌。

陆凯

赠范晔

折梅逢驿使，
寄与陇头人。
江南无所有，
聊赠一枝春。

■ 陆凯（？—约504），鲜卑族，字智君，南北朝诗人。

王勃

山 中

长江悲已滞,
万里念将归。
况属高风晚,
山山黄叶飞。

■ 王勃(约650—约676),字子安,唐代诗人、散文家。

王勃

送杜少府之任蜀州

城阙辅三秦,
风烟望五津。
与君离别意,
同是宦游人。
海内存知己,
天涯若比邻。
无为在歧路,
儿女共沾巾。

宋之问

渡汉江

岭外音书断，
经冬复历春。
近乡情更怯，
不敢问来人。

▌ 宋之问（约656—约712），字延清，名少连，唐代诗人。

贺知章

回乡偶书【其一】

少小离家老大回，
乡音无改鬓毛衰。
儿童相见不相识，
笑问客从何处来。

> 贺知章（659—744），字季真，晚年自号四明狂客，唐代诗人、书法家。

陈子昂

登幽州台歌

前不见古人,
后不见来者。
念天地之悠悠,
独怆然而涕下。

■ 陈子昂(661—702),字伯玉,唐代诗人。

张旭

山中留客

山光物态弄春晖,
莫为轻阴便拟归。
纵使晴明无雨色,
入云深处亦沾衣。

> 张旭(675—约750),字伯高,一字季明,唐代诗人、书法家。

张九龄

感　遇

兰叶春葳蕤，
桂华秋皎洁。
欣欣此生意，
自尔为佳节。
谁知林栖者，
闻风坐相悦。
草木有本心，
何求美人折！

■ 张九龄（678—740），字子寿，一名博物，唐代诗人、名相。

张九龄

望月怀远

海上生明月,
天涯共此时。
情人怨遥夜,
竟夕起相思。
灭烛怜光满,
披衣觉露滋。
不堪盈手赠,
还寝梦佳期。

王之涣

凉州词

黄河远上白云间,
一片孤城万仞山。
羌笛何须怨杨柳,
春风不度玉门关。

■ 王之涣(688—742),字季凌,唐代诗人。

王之涣

登鹳雀楼

白日依山尽，
黄河入海流。
欲穷千里目，
更上一层楼。

孟浩然

春 晓

春眠不觉晓,
处处闻啼鸟。
夜来风雨声,
花落知多少。

■ 孟浩然(689—740),本名浩,字浩然,号孟山人,唐代诗人。

孟浩然

宿建德江

移舟泊烟渚,
日暮客愁新。
野旷天低树,
江清月近人。

孟浩然

过故人庄

故人具鸡黍，
邀我至田家。
绿树村边合，
青山郭外斜。
开轩面场圃，
把酒话桑麻。
待到重阳日，
还来就菊花。

王翰

凉州词【其一】

葡萄美酒夜光杯，
欲饮琵琶马上催。
醉卧沙场君莫笑，
古来征战几人回？

■ 王翰（生卒年不详），字子羽，唐代诗人。

王昌龄

出 塞 【其一】

秦时明月汉时关,
万里长征人未还。
但使龙城飞将在,
不教胡马度阴山。

■ 王昌龄(约698—756),字少伯,唐代诗人。

王昌龄

从军行【其四】

青海长云暗雪山，
孤城遥望玉门关。
黄沙百战穿金甲，
不破楼兰终不还！

王昌龄

芙蓉楼送辛渐

寒雨连江夜入吴,
平明送客楚山孤。
洛阳亲友如相问,
一片冰心在玉壶。

王维

山中送别

山中相送罢,
日暮掩柴扉。
春草明年绿,
王孙归不归?

■ 王维(约701—761),字摩诘,世称王右丞,唐代诗人、画家。

王维

杂诗三首【其二】

君自故乡来,
应知故乡事。
来日绮窗前,
寒梅着花未?

王维

鸟鸣涧

人闲桂花落,
夜静春山空。
月出惊山鸟,
时鸣春涧中。

王维

竹里馆

独坐幽篁里,
弹琴复长啸。
深林人不知,
明月来相照。

王维

送元二使安西

渭城朝雨浥轻尘，
客舍青青柳色新。
劝君更尽一杯酒，
西出阳关无故人。

王维

九月九日忆山东兄弟

独在异乡为异客,
每逢佳节倍思亲。
遥知兄弟登高处,
遍插茱萸少一人。

王维

使至塞上

单车欲问边,
属国过居延。
征蓬出汉塞,
归雁入胡天。
大漠孤烟直,
长河落日圆。
萧关逢候骑,
都护在燕然。

裴迪

华子冈

日落松风起,
还家草露晞。
云光侵履迹,
山翠拂人衣。

■ 裴迪（生卒年不详），唐代诗人。

李白

静夜思

床前明月光,
疑是地上霜。
举头望明月,
低头思故乡。

> 李白(701—762),字太白,号青莲居士,又号"谪仙人",唐代诗人。

李白

独坐敬亭山

众鸟高飞尽,
孤云独去闲。
相看两不厌,
只有敬亭山。

李白

夜宿山寺

危楼高百尺，
手可摘星辰。
不敢高声语，
恐惊天上人。

李白

闻王昌龄左迁龙标遥有此寄

杨花落尽子规啼,
闻道龙标过五溪。
我寄愁心与明月,
随风直到夜郎西。

李白

望庐山瀑布

日照香炉生紫烟,
遥看瀑布挂前川。
飞流直下三千尺,
疑是银河落九天。

李白

春夜洛城闻笛

谁家玉笛暗飞声,
散入春风满洛城。
此夜曲中闻折柳,
何人不起故园情。

李白

赠汪伦

李白乘舟将欲行,
忽闻岸上踏歌声。
桃花潭水深千尺,
不及汪伦送我情。

李白

黄鹤楼送孟浩然之广陵

故人西辞黄鹤楼,
烟花三月下扬州。
孤帆远影碧空尽,
唯见长江天际流。

李白

早发白帝城

朝辞白帝彩云间,
千里江陵一日还。
两岸猿声啼不住,
轻舟已过万重山。

李白

望天门山

天门中断楚江开,
碧水东流至此回。
两岸青山相对出,
孤帆一片日边来。

李白

峨眉山月歌

峨眉山月半轮秋,
影入平羌江水流。
夜发清溪向三峡,
思君不见下渝州。

李白

黄鹤楼闻笛

一为迁客去长沙,
西望长安不见家。
黄鹤楼中吹玉笛,
江城五月落梅花。

李白

山中问答

问余何事栖碧山,
笑而不答心自闲。
桃花流水杳然去,
别有天地非人间。

李白

送友人

青山横北郭,
白水绕东城。
此地一为别,
孤蓬万里征。
浮云游子意,
落日故人情。
挥手自兹去,
萧萧班马鸣。

李白

关山月

明月出天山,
苍茫云海间。
长风几万里,
吹度玉门关。
汉下白登道,
胡窥青海湾。
由来征战地,
不见有人还。
戍客望边邑,
思归多苦颜。
高楼当此夜,
叹息未应闲。

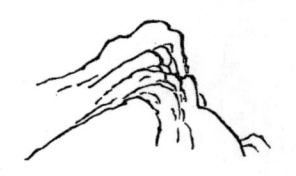

李白

月下独酌

花间一壶酒，
独酌无相亲。
举杯邀明月，
对影成三人。
月既不解饮，
影徒随我身。
暂伴月将影，
行乐须及春。
我歌月徘徊，
我舞影零乱。
醒时同交欢，
醉后各分散。
永结无情游，
相期邈云汉。

李白

长干行二首【其一】

妾发初覆额,折花门前剧。
郎骑竹马来,绕床弄青梅。
同居长干里,两小无嫌猜。
十四为君妇,羞颜未尝开。
低头向暗壁,千唤不一回。
十五始展眉,愿同尘与灰。
常存抱柱信,岂上望夫台。
十六君远行,瞿塘滟预堆。
五月不可触,猿声天上哀。
门前送行迹,一一生绿苔。
苔深不能扫,落叶秋风早。
八月蝴蝶黄,双飞西园草。
感此伤妾心,坐愁红颜老。
早晚下三巴,预将书报家。
相迎不道远,直至长风沙。

崔颢

长干行 【其一】

君家何处住?
妾住在横塘。
停船暂借问,
或恐是同乡。

■ 崔颢(?—754),唐代诗人。

崔颢

黄鹤楼

昔人已乘黄鹤去,
此地空余黄鹤楼。
黄鹤一去不复返,
白云千载空悠悠。
晴川历历汉阳树,
芳草萋萋鹦鹉洲。
日暮乡关何处是?
烟波江上使人愁。

高适

别董大 【其一】

千里黄云白日曛,
北风吹雁雪纷纷。
莫愁前路无知己,
天下谁人不识君。

■ 高适(约700—765),字达夫、仲武,世称高常侍,唐代诗人。

杜甫

绝句二首 【其一】

迟日江山丽，
春风花草香。
泥融飞燕子，
沙暖睡鸳鸯。

▌ 杜甫（712—770），字子美，自号少陵野老，世称杜工部，唐代诗人。

杜甫

绝句二首【其二】

江碧鸟逾白，
山青花欲燃。
今春看又过，
何日是归年。

杜甫

绝句四首 【其一】

两个黄鹂鸣翠柳,
一行白鹭上青天。
窗含西岭千秋雪,
门泊东吴万里船。

杜甫

江畔独步寻花 【其六】

黄四娘家花满蹊,
千朵万朵压枝低。
留连戏蝶时时舞,
自在娇莺恰恰啼。

江南逢李龟年

杜甫

岐王宅里寻常见,
崔九堂前几度闻。
正是江南好风景,
落花时节又逢君。

杜甫

赠花卿

锦城丝管日纷纷,
半入江风半入云。
此曲只应天上有,
人间能得几回闻。

杜甫

望 岳

岱宗夫如何，
齐鲁青未了。
造化钟神秀，
阴阳割昏晓。
荡胸生层云，
决眦入归鸟。
会当凌绝顶，
一览众山小。

杜甫

房兵曹胡马

胡马大宛名,
锋棱瘦骨成。
竹批双耳峻,
风入四蹄轻。
所向无空阔,
真堪托死生。
骁腾有如此,
万里可横行。

杜甫

春日忆李白

白也诗无敌,
飘然思不群。
清新庾开府,
俊逸鲍参军。
渭北春天树,
江东日暮云。
何时一樽酒,
重与细论文。

杜甫

除 架

束薪已零落,
瓠叶转萧疏。
幸结白花了,
宁辞青蔓除。
秋虫声不去,
暮雀意何如。
寒事今牢落,
人生亦有初。

杜甫

春夜喜雨

好雨知时节，
当春乃发生。
随风潜入夜，
润物细无声。
野径云俱黑，
江船火独明。
晓看红湿处，
花重锦官城。

杜甫

春 望

国破山河在,
城春草木深。
感时花溅泪,
恨别鸟惊心。
烽火连三月,
家书抵万金。
白头搔更短,
浑欲不胜簪。

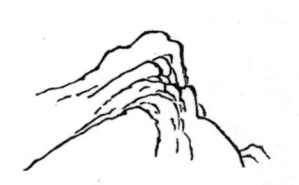

杜甫

月 夜

今夜鄜州月,
闺中只独看。
遥怜小儿女,
未解忆长安。
香雾云鬟湿,
清辉玉臂寒。
何时倚虚幌,
双照泪痕干。

杜甫

旅夜书怀

细草微风岸,
危樯独夜舟。
星垂平野阔,
月涌大江流。
名岂文章著,
官应老病休。
飘飘何所似,
天地一沙鸥。

杜甫

月夜忆舍弟

戍鼓断人行,
边秋一雁声。
露从今夜白,
月是故乡明。
有弟皆分散,
无家问死生。
寄书长不达,
况乃未休兵。

杜甫

闻官军收河南河北

剑外忽传收蓟北,
初闻涕泪满衣裳。
却看妻子愁何在,
漫卷诗书喜欲狂。
白日放歌须纵酒,
青春作伴好还乡。
即从巴峡穿巫峡,
便下襄阳向洛阳。

杜甫

缚鸡行

小奴缚鸡向市卖,
鸡被缚急相喧争。
家中厌鸡食虫蚁,
不知鸡卖还遭烹。
虫鸡于人何厚薄,
我斥奴人解其缚。
鸡虫得失无了时,
注目寒江倚山阁。

缪氏子

赋新月

初月如弓未上弦，
分明挂在碧霄边。
时人莫道蛾眉小，
三五团圆照满天。

■ 缪氏子（约713—约741），唐代诗人。

岑参

逢入京使

故园东望路漫漫,
双袖龙钟泪不干。
马上相逢无纸笔,
凭君传语报平安。

岑参(约715—770),世称岑嘉州,唐代诗人。

韩翃

寒 食

春城无处不飞花，
寒食东风御柳斜。
日暮汉宫传蜡烛，
轻烟散入五侯家。

■ 韩翃（生卒年不详），字君平，唐代诗人。

张继

枫桥夜泊

月落乌啼霜满天,
江枫渔火对愁眠。
姑苏城外寒山寺,
夜半钟声到客船。

▍张继(?—约779),字懿孙,唐代诗人。

刘长卿

送灵澈上人

苍苍竹林寺，
杳杳钟声晚。
荷笠带斜阳，
青山独归远。

▇ 刘长卿（约726—约790），字文房，世称刘随州，
唐代诗人。

刘长卿

逢雪宿芙蓉山主人

日暮苍山远,
天寒白屋贫。
柴门闻犬吠,
风雪夜归人。

刘长卿

弹　琴

泠泠七弦上，
静听松风寒。
古调虽自爱，
今人多不弹。

司空曙

江村即事

钓罢归来不系船,
江村月落正堪眠。
纵然一夜风吹去,
只在芦花浅水边。

■ 司空曙(约720—约790),字文明,一作文初,唐代诗人。

刘方平

夜　月

更深月色半人家，
北斗阑干南斗斜。
今夜偏知春气暖，
虫声新透绿窗纱。

刘方平（生卒年不详），匈奴族，唐代诗人。

戎昱

移家别湖上亭

好是春风湖上亭,
柳条藤蔓系离情。
黄莺久住浑相识,
欲别频啼四五声。

■ 戎昱(744—800),唐代诗人。

张籍

秋　思

洛阳城里见秋风，
欲作家书意万重。
复恐匆匆说不尽，
行人临发又开封。

■ 张籍（约766—约830），字文昌，世称张水部、张司业，唐代诗人。

王建

十五夜望月寄杜郎中

中庭地白树栖鸦,
冷露无声湿桂花。
今夜月明人尽望,
不知秋思落谁家。

■ 王建(约766—?),字仲初,世称王司马,唐代诗人。

戴叔伦

过三闾大夫庙

沅湘流不尽，
屈子怨何深！
日暮秋风起，
萧萧枫树林。

■ 戴叔伦（约732—约789），字幼公，一作次公，唐代诗人。

韦应物

秋夜寄邱员外

怀君属秋夜,
散步咏凉天。
空山松子落,
幽人应未眠。

▪ 韦应物(约737—约792),世称韦苏州,唐代诗人。

滁州西涧

独怜幽草涧边生,
上有黄鹂深树鸣。
春潮带雨晚来急,
野渡无人舟自横。

韦应物

早春对雪，寄前殿中元侍御

扫雪开幽径，
端居望故人。
犹残腊月酒，
更值早梅春。
几日东城陌，
何时曲水滨。
闻闲且共赏，
莫待绣衣新。

卢纶

塞下曲

月黑雁飞高,
单于夜遁逃。
欲将轻骑逐,
大雪满弓刀。

■ 卢纶(739—799),字允言,唐代诗人。

李益

喜见外弟又言别

十年离乱后,
长大一相逢。
问姓惊初见,
称名忆旧容。
别来沧海事,
语罢暮天钟。
明日巴陵道,
秋山又几重。

■ 李益(约748—约827),字君虞,唐代诗人。

孟郊

游子吟

慈母手中线,
游子身上衣。
临行密密缝,
意恐迟迟归。
谁言寸草心,
报得三春晖。

孟郊(751—约814),字东野,唐代诗人。

杨巨源

城东早春

诗家清景在新春,
绿柳才黄半未匀。
若待上林花似锦,
出门俱是看花人。

■ 杨巨源(755—?),字景山,后改名巨济,唐代诗人。

韩愈

早春呈水部张十八员外

天街小雨润如酥,
草色遥看近却无。
最是一年春好处,
绝胜烟柳满皇都。

■ 韩愈(768—825),字退之,世称韩昌黎,唐代诗人。

韩愈

晚　春

　　草树知春不久归，
　　百般红紫斗芳菲。
　　杨花榆荚无才思，
　　惟解漫天作雪飞。

韩愈

春　雪

新年都未有芳华，
二月初惊见草芽。
白雪却嫌春色晚，
故穿庭树作飞花。

崔护

题都城南庄

去年今日此门中,
人面桃花相映红。
人面不知何处去,
桃花依旧笑春风。

▌崔护(生卒年不详),字殷功,唐代诗人。

刘禹锡

秋　词

自古逢秋悲寂寥，
我言秋日胜春朝。
晴空一鹤排云上，
便引诗情到碧霄。

■ 刘禹锡（772—842），字梦得，唐代诗人。

刘禹锡

乌衣巷

朱雀桥边野草花,
乌衣巷口夕阳斜。
旧时王谢堂前燕,
飞入寻常百姓家。

李绅

悯农二首 【其二】

锄禾日当午,
汗滴禾下土。
谁知盘中餐,
粒粒皆辛苦。

■ 李绅(772—846),字公垂,唐代诗人。

白居易

问刘十九

绿蚁新醅酒,
红泥小火炉。
晚来天欲雪,
能饮一杯无。

■ 白居易(772—846),字乐天,号香山居士、醉吟先生,世称白傅、白文公,唐代诗人。

白居易

观游鱼

绕池闲步看鱼游,
正值儿童弄钓舟。
一种爱鱼心各异,
我来施食尔垂钩。

白居易

暮江吟

一道残阳铺水中,
半江瑟瑟半江红。
可怜九月初三夜,
露似真珠月似弓。

大林寺桃花

白居易

人间四月芳菲尽,
山寺桃花始盛开。
长恨春归无觅处,
不知转入此中来。

白居易

赋得古原草送别

离离原上草,
一岁一枯荣。
野火烧不尽,
春风吹又生。
远芳侵古道,
晴翠接荒城。
又送王孙去,
萋萋满别情。

白居易

钱塘湖春行

孤山寺北贾亭西,
水面初平云脚低。
几处早莺争暖树,
谁家新燕啄春泥。
乱花渐欲迷人眼,
浅草才能没马蹄。
最爱湖东行不足,
绿杨阴里白沙堤。

柳宗元

零陵早春

问春从此去,
几日到秦原。
凭寄还乡梦,
殷勤入故园。

■ 柳宗元(773—819),字子厚,世称柳河东,唐代诗人。

柳宗元

江 雪

千山鸟飞绝，
万径人踪灭。
孤舟蓑笠翁，
独钓寒江雪。

柳宗元

渔　翁

渔翁夜傍西岩宿,
晓汲清湘燃楚竹。
烟销日出不见人,
欸乃一声山水绿。
回看天际下中流,
岩上无心云相逐。

贾岛

寻隐者不遇

松下问童子，
言师采药去。
只在此山中，
云深不知处。

■ 贾岛（779—843），字浪仙，一作阆仙，自号碣石山人，早岁为僧，号无本，唐代诗人。

刘皂

渡桑干

客舍并州已十霜,
归心日夜忆咸阳。
无端更渡桑干水,
却望并州是故乡。

■ 刘皂(约785—约805),唐代诗人。

杜牧

秋　夕

银烛秋光冷画屏，
轻罗小扇扑流萤。
天阶夜色凉如水，
卧看牵牛织女星。

■ 杜牧（803—约853），字牧之，号樊川居士，唐代诗人、散文家。

山 行

— 杜牧 —

远上寒山石径斜,
白云深处有人家。
停车坐爱枫林晚,
霜叶红于二月花。

杜牧

清 明

清明时节雨纷纷,
路上行人欲断魂。
借问酒家何处有?
牧童遥指杏花村。

杜牧

江南春

千里莺啼绿映红,
水村山郭酒旗风。
南朝四百八十寺,
多少楼台烟雨中。

杜牧

登乐游原

长空澹澹孤鸟没,
万古销沉向此中。
看取汉家何事业,
五陵无树起秋风。

杜牧

泊秦淮

烟笼寒水月笼沙,
夜泊秦淮近酒家。
商女不知亡国恨,
隔江犹唱后庭花。

陈陶

陇西行四首【其二】

誓扫匈奴不顾身,
五千貂锦丧胡尘。
可怜无定河边骨,
犹是春闺梦里人!

■ 陈陶(约803—约879),字嵩伯,唐代诗人。

李商隐

夜雨寄北

君问归期未有期,
巴山夜雨涨秋池。
何当共剪西窗烛,
却话巴山夜雨时。

> 李商隐(约813—约858),字义山,号玉溪(谿)生,又号樊南生,唐代诗人、骈文家。

李商隐

嫦　娥

云母屏风烛影深，
长河渐落晓星沉。
嫦娥应悔偷灵药，
碧海青天夜夜心。

李商隐

霜　月

初闻征雁已无蝉，
百尺楼高水接天。
青女素娥俱耐冷，
月中霜里斗婵娟。

李商隐

登乐游原

向晚意不适,
驱车登古原。
夕阳无限好,
只是近黄昏。

李商隐

无 题

八岁偷照镜,
长眉已能画。
十岁去踏青,
芙蓉作裙衩。
十二学弹筝,
银甲不曾卸。
十四藏六亲,
悬知犹未嫁。
十五泣春风,
背面秋千下。

高骈

山亭夏日

绿树阴浓夏日长,
楼台倒影入池塘。
水晶帘动微风起,
满架蔷薇一院香。

■ 高骈(821—887),字千里,唐代诗人。

韦庄

台　城

江雨霏霏江草齐,
六朝如梦鸟空啼。
无情最是台城柳,
依旧烟笼十里堤。

■ 韦庄（约836—910），字端己，五代前蜀诗人、词人。

王驾

雨　晴

雨前初见花间蕊，
雨后全无叶底花。
蛱蝶纷纷过墙去，
却疑春色在邻家。

■ 王驾（约851—？），字大用，自号守素先生，唐代诗人。

郑谷

淮上与友人别

扬子江头杨柳春,
杨花愁杀渡江人。
数声风笛离亭晚,
君向潇湘我向秦。

■ 郑谷(约851—约910),字守愚,世称郑都官,唐代诗人。

无名氏

杂　诗

近寒食雨草萋萋,
著麦苗风柳映堤。
等是有家归未得,
杜鹃休向耳边啼。

钱珝

江行无题

万木已清霜,
江边村事忙。
故溪黄稻熟,
一夜梦中香。

■ 钱珝(生卒年不详),字瑞文,唐代诗人。

范仲淹

江上渔者

江上往来人，
但爱鲈鱼美。
君看一叶舟，
出没风波里。

■ 范仲淹（989—1052），字希文，世称范文正公，宋代诗人、词人。

欧阳修

画眉鸟

百啭千声随意移,
山花红紫树高低。
始知锁向金笼听,
不及林间自在啼。

■ 欧阳修(1007—1072),字永叔,号醉翁、六一居士,宋代文学家。

王安石

题何氏宅园亭

荷叶参差卷,
榴花次第开。
但令心有赏,
岁月任渠催。

> 王安石(1021—1086),字介甫,号半山,世称王文公、王荆公、临川先生,宋代文学家。

王安石

南 荡

南荡东陂水渐多,
陌头车马断经过。
钟山未放朝云散,
奈此黄梅细雨何。

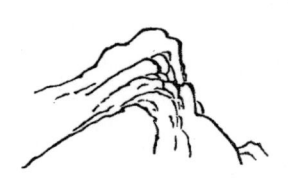

王安石

封舒国公三首 【其二】

桐乡山远复川长,
紫翠连城碧满隍。
今日桐乡谁爱我,
当时我自爱桐乡。

王安石

北陂杏花

一陂春水绕花身，
花影妖娆各占春。
纵被春风吹作雪，
绝胜南陌碾成尘。

王安石

北　山

北山输绿涨横陂，
直堑回塘滟滟时。
细数落花因坐久，
缓寻芳草得归迟。

王安石

书湖阴先生壁二首 【其一】

茅檐长扫净无苔,
花木成畦手自栽。
一水护田将绿绕,
两山排闼送青来。

王安石

赠外孙

南山新长凤凰雏,
眉目分明画不如。
年小从他爱梨栗,
长成须读五车书。

王安石

江 上

江北秋阴一半开,
晚云含雨却低徊。
青山缭绕疑无路,
忽见千帆隐映来。

王安石

游钟山

终日看山不厌山,
买山终待老山间。
山花落尽山常在,
山水空流山自闲。

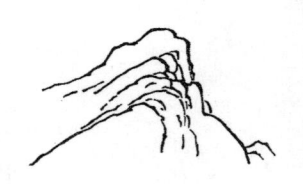

王安石

松 江

来时还似去时天,
欲道来时已惘然。
只有松江桥下水,
无情长送去来船。

王安石

泊船瓜洲

京口瓜洲一水间,
钟山只隔数重山。
春风又绿江南岸,
明月何时照我还。

苏轼

饮湖上初晴后雨二首 【其二】

水光潋滟晴方好,
山色空蒙雨亦奇。
欲把西湖比西子,
淡妆浓抹总相宜。

■ 苏轼(1037—1101),字子瞻,号东坡居士,宋代文
学家、书法家。

苏轼

惠崇《春江晚景》【其一】

竹外桃花三两枝,
春江水暖鸭先知。
蒌蒿满地芦芽短,
正是河豚欲上时。

苏轼

题西林壁

横看成岭侧成峰,
远近高低各不同。
不识庐山真面目,
只缘身在此山中。

苏轼

望湖楼晚景

横风吹雨入楼斜,
壮观应须好句夸。
雨过潮平江海碧,
电光时掣紫金蛇。

李清照

夏日绝句

生当作人杰,
死亦为鬼雄。
至今思项羽,
不肯过江东。

> 李清照(1084—1155),女,号易安居士,宋代诗人、词人。

陆游

秋思三首 【其一】

乌桕微丹菊渐开,
天高风送雁声哀。
诗情也似并刀快,
剪得秋光入卷来。

■ 陆游(1125—1210),字务观,号放翁,宋代文学家。

陆游

示 儿

死去元知万事空,
但悲不见九州同。
王师北定中原日,
家祭无忘告乃翁。

范成大

四时田园杂兴

昼出耘田夜绩麻,
村庄儿女各当家。
童孙未解供耕织,
也傍桑阴学种瓜。

■ 范成大(1126—1193),字至能,一字幼元,早年自号此山居士,晚号石湖居士,宋代诗人。

杨万里

春日六绝句

雾气因山见,
波痕到岸消。
诗人元自懒,
物色故相撩。

▰ 杨万里(1127—1206),字廷秀,号诚斋,宋代诗人。

[杨万里]

二月十一日夜梦作东都早春绝句

道是春来早,
如何未见春?
小桃三四点,
偏报有情人。

杨万里

道旁竹

竹竿穿竹篱,
却与篱为柱。
大小且相依,
荣枯何足顾。

杨万里

宿新市徐公店 【其一】

篱落疏疏一径深,
树头新绿未成阴。
儿童急走追黄蝶,
飞入菜花无处寻。

杨万里

雨后田间杂纪 【其二】

田水高低各斗鸣,
溪流奔放更欢声。
小儿倒捻青梅朵,
独立茅檐看客行。

杨万里

舟过安仁【其三】

一叶渔船两小童,
收篙停棹坐船中。
怪他无雨都张伞,
不是遮头是使风。

杨万里

南溪弄水回望山园梅花

梅从山下过溪来,
近爱清溪远爱梅。
溪水声声留我住,
梅花朵朵唤人回。

— 杨万里 —

晓出净慈寺送林子方

毕竟西湖六月中,
风光不与四时同。
接天莲叶无穷碧,
映日荷花别样红。

杨万里

小 池

泉眼无声惜细流,
树阴照水爱晴柔。
小荷才露尖尖角,
早有蜻蜓立上头。

杨万里

小 雨

雨来细细复疏疏,
纵不能多不肯无。
似妒诗人山入眼,
千峰故隔一帘珠。

杨万里

闲居初夏午睡起二绝句【其一】

梅子留酸软齿牙,
芭蕉分绿与窗纱。
日长睡起无情思,
闲看儿童捉柳花。

杨万里

闲居初夏午睡起二绝句【其二】

松阴一架半弓苔,
偶欲看书又懒开。
戏掬清泉洒蕉叶,
儿童误认雨声来。

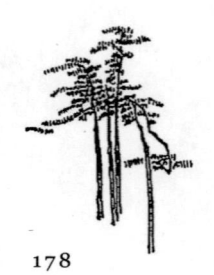

杨万里

入常山界二首【其二】

昨日愁霖今喜晴,
好山夹路玉亭亭。
一峰忽被云偷去,
留得峥嵘半截青。

杨万里

春暖郡圃散策三首【其三】

春禽处处讲新声,
细草欣欣贺嫩晴。
曲折遍穿花底路,
莫令一步作虚行。

杨万里

二月一日晓渡太和江【其一】

绿杨接叶杏交花,
嫩水新生尚露沙。
过了春江偶回首,
隔江一片好人家。

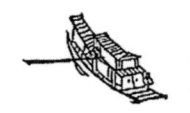

杨万里

万安道中书事【其二】

携家满路踏春华,
儿女欣欣不忆家。
骑吏也忘行役苦,
一人人插一枝花。

杨万里

桂源铺

万山不许一溪奔,
拦得溪声日夜喧。
到得前头山脚尽,
堂堂溪水出前村。

朱熹

春 日

胜日寻芳泗水滨,
无边光景一时新。
等闲识得东风面,
万紫千红总是春。

■ 朱熹(1130—1200),字元晦,又字仲晦,号晦庵,晚称晦翁,世称朱文公、朱子,宋代文学家、理学家。

朱熹

观书有感【其一】

半亩方塘一鉴开,
天光云影共徘徊。
问渠那得清如许,
为有源头活水来。

林升

题临安邸

山外青山楼外楼,
西湖歌舞几时休?
暖风熏得游人醉,
直把杭州作汴州。

■ 林升(生卒年不详),字云友,又名梦屏,宋代诗人。

叶绍翁

游园不值

应怜屐齿印苍苔,
小扣柴扉久不开。
春色满园关不住,
一枝红杏出墙来。

■ 叶绍翁(生卒年不详),字嗣宗,号靖逸,宋代诗人。

翁卷

乡村四月

绿遍山原白满川,
子规声里雨如烟。
乡村四月闲人少,
才了蚕桑又插田。

> 翁卷(生卒年不详),字续古,一字灵舒,宋代诗人。

江村晚眺

江头落日照平沙,
潮退渔船阁岸斜。
白鸟一双临水立,
见人惊起入芦花。

■ 戴复古(1167—1248),字式之,自号石屏、石屏樵隐,宋代诗人。

赵师秀

约　客

黄梅时节家家雨，
青草池塘处处蛙。
有约不来过夜半，
闲敲棋子落灯花。

■ 赵师秀（1170—1219），字紫芝，号灵秀、灵芝、天乐，宋代诗人。

文天祥

过零丁洋

辛苦遭逢起一经,
干戈寥落四周星。
山河破碎风抛絮,
身世飘摇雨打萍。
惶恐滩头说惶恐,
零丁洋里叹零丁。
人生自古谁无死?
留取丹心照汗青。

文天祥(1236—1283),初名云孙,字宋瑞,一字履善,自号文山、浮休道人,宋代诗人、民族英雄。

墨 梅

王冕

吾家洗砚池头树，
朵朵花开淡墨痕。
不要人夸好颜色，
只留清气满乾坤。

王冕（1287—1359），字元章，号煮石山农、食中翁、梅花屋主，元代诗人、画家。

张羽

咏兰花

能白更兼黄,
无人亦自芳。
寸心原不大,
容得许多香。

■ 张羽(约1333—1385),字来仪、附凤,号静居,元末明初诗人。

袁枚

十二月十五夜

沉沉更鼓急,
渐渐人声绝。
吹灯窗更明,
月照一天雪。

■ 袁枚(1716—1797),字子才,号简斋,晚年自号仓山居士、随园老人,清代诗人、散文家。

郑燮

竹　石

咬定青山不放松，
立根原在破岩中。
千磨万击还坚劲，
任尔东西南北风。

> 郑燮（1693—1765），字克柔，号理庵、板桥，清代诗人、画家。

龚自珍

己亥杂诗【其五】

浩荡离愁白日斜,
吟鞭东指即天涯。
落红不是无情物,
化作春泥更护花。

■ 龚自珍(1792—1841),字璱人,号定庵,晚年又号羽琌山民,清代诗人。

己亥杂诗【其二百二十】

九州生气恃风雷，
万马齐喑究可哀。
我劝天公重抖擞，
不拘一格降人才。

高鼎

村 居

草长莺飞二月天,
拂堤杨柳醉春烟。
儿童散学归来早,
忙趁东风放纸鸢。

■ 高鼎(生卒年不详),本名高鼎劲,字象一、拙吾,清代诗人。

词

白居易

忆江南

江南好,
风景旧曾谙。
日出江花红胜火,
春来江水绿如蓝。
能不忆江南?

张志和

渔歌子

西塞山前白鹭飞,
桃花流水鳜鱼肥。
青箬笠,绿蓑衣,
斜风细雨不须归。

■ 张志和（732—774），字子同，初名龟龄，号玄真子，唐代诗人、词人。

温庭筠

望江南

梳洗罢,
独倚望江楼。
过尽千帆皆不是,
斜晖脉脉水悠悠。
肠断白蘋洲。

■ 温庭筠(约812—约866),本名岐,字飞卿,唐代词人。

李煜

相见欢

林花谢了春红,
太匆匆。
无奈朝来寒雨晚来风。

胭脂泪,
相留醉,
几时重。
自是人生长恨水长东。

■ 李煜(937—978),初名从嘉,字重光,号钟隐、莲峰居士,世称南唐后主、李后主,南唐词人。

李煜

相见欢

无言独上西楼,
月如钩。
寂寞梧桐深院锁清秋。

剪不断,
理还乱,
是离愁。
别是一般滋味在心头。

李煜

浪淘沙令

帘外雨潺潺,
春意阑珊。
罗衾不耐五更寒。
梦里不知身是客,
一晌贪欢。

独自莫凭栏,
无限江山,
别时容易见时难。
流水落花春去也,
天上人间。

李煜

虞美人

春花秋月何时了?
往事知多少。
小楼昨夜又东风,
故国不堪回首月明中。

雕栏玉砌应犹在,
只是朱颜改。
问君能有几多愁?
恰似一江春水向东流。

晏殊

浣溪沙

一曲新词酒一杯，
去年天气旧亭台。
夕阳西下几时回？

无可奈何花落去，
似曾相识燕归来。
小园香径独徘徊。

▌ 晏殊（991—1055），字同叔，世称晏元献，宋代词
人。

晏殊

浣溪沙

一向年光有限身。
等闲离别易销魂。
酒筵歌席莫辞频。

满目山河空念远,
落花风雨更伤春。
不如怜取眼前人。

欧阳修

玉楼春

尊前拟把归期说,
未语春容先惨咽。
人生自是有情痴,
此恨不关风与月。

离歌且莫翻新阕,
一曲能教肠寸结。
直须看尽洛城花,
始共春风容易别。

欧阳修

浪淘沙令

把酒祝东风。
且共从容。
垂杨紫陌洛城东。
总是当时携手处,
游遍芳丛。

聚散苦匆匆。
此恨无穷。
今年花胜去年红。
可惜明年花更好,
知与谁同。

采桑子　十首【其二】

轻舟短棹西湖好,
绿水逶迤,
芳草长堤,
隐隐笙歌处处随。

无风水面琉璃滑,
不觉船移,
微动涟漪,
惊起沙禽掠岸飞。

欧阳修

采桑子　十首【其四】

画船载酒西湖好，
急管繁弦，
玉盏催传，
稳泛平波任醉眠。

行云却在行舟下，
空水澄鲜，
俯仰留连，
疑是湖中别有天。

欧阳修

采桑子 十首【其五】

何人解赏西湖好,
佳景无时,
飞盖相追,
贪向花间醉玉卮。

谁知闲凭阑干处,
芳草斜晖,
水远烟微,
一点沧洲白鹭飞。

欧阳修

采桑子 十首【其六】

清明上巳西湖好,

满目繁华,

争道谁家,

绿柳朱轮走钿车。

游人日暮相将去,

醒醉喧哗,

路转堤斜,

直到城头总是花。

欧阳修

采桑子 十首【其七】

荷花开后西湖好,
载酒来时,
不用旌旗,
前后红幢绿盖随。

画船撑入花深处,
香泛金卮,
烟雨微微,
一片笙歌醉里归。

苏轼

定风波

莫听穿林打叶声,
何妨吟啸且徐行。
竹杖芒鞋轻胜马,
谁怕?
一蓑烟雨任平生。

料峭春风吹酒醒,
微冷,
山头斜照却相迎。
回首向来萧瑟处,
归去,
也无风雨也无晴。

苏轼

水调歌头

> 丙辰中秋,欢饮达旦,大醉,作此篇,兼怀子由。

明月几时有?把酒问青天。
不知天上宫阙,今夕是何年。
我欲乘风归去,
又恐琼楼玉宇,
高处不胜寒。
起舞弄清影,何似在人间?

转朱阁,低绮户,照无眠。
不应有恨,何事长向别时圆?
人有悲欢离合,
月有阴晴圆缺,
此事古难全。
但愿人长久,千里共婵娟。

秦观

浣溪沙

漠漠轻寒上小楼。
晓阴无赖似穷秋。
淡烟流水画屏幽。

自在飞花轻似梦,
无边丝雨细如愁。
宝帘闲挂小银钩。

■ 秦观(1049—1100),字太虚、少游,别号邗沟居士、淮海居士,世称淮海先生,宋代词人。

周邦彦

浣溪沙

楼上晴天碧四垂。
楼前芳草接天涯。
劝君莫上最高梯。

新笋已成堂下竹,
落花都上燕巢泥。
忍听林表杜鹃啼。

■ 周邦彦(1056—1121),字美成,号清真居士,宋代词人。

李清照

如梦令

常记溪亭日暮,
沉醉不知归路。
兴尽晚回舟,
误入藕花深处。
争渡,争渡,
惊起一滩鸥鹭。

李清照

如梦令

昨夜雨疏风骤,
浓睡不消残酒。
试问卷帘人,
却道海棠依旧。
知否,知否?
应是绿肥红瘦。

李清照

南歌子

天上星河转,
人间帘幕垂。
凉生枕簟泪痕滋。
起解罗衣聊问夜何其。

翠贴莲蓬小,
金销藕叶稀。
旧时天气旧时衣。
只有情怀不似旧家时。

岳飞

满江红

怒发冲冠,
凭阑处、潇潇雨歇。
抬望眼,仰天长啸,
壮怀激烈。
三十功名尘与土,
八千里路云和月。
莫等闲、白了少年头,空悲切。

靖康耻,犹未雪;
臣子恨,何时灭?
驾长车、踏破贺兰山缺。
壮志饥餐胡虏肉,
笑谈渴饮匈奴血。
待从头、收拾旧山河,朝天阙。

■ 岳飞(1103—1142),字鹏举,宋代词人、民族英雄。

陆游

卜算子·咏梅

驿外断桥边,
寂寞开无主。
已是黄昏独自愁,
更著风和雨。

无意苦争春,
一任群芳妒。
零落成泥碾作尘,
只有香如故。

陆游

诉衷情

当年万里觅封侯,
匹马戍梁州。
关河梦断何处,
尘暗旧貂裘。

胡未灭,
鬓先秋,
泪空流。
此生谁料,
心在天山,
身老沧洲。

辛弃疾

鹧鸪天

陌上柔桑破嫩芽,
东邻蚕种已生些。
平冈细草鸣黄犊,
斜日寒林点暮鸦。

山远近,路横斜,
青旗沽酒有人家。
城中桃李愁风雨,
春在溪头荠菜花。

■ 辛弃疾(1140—1207),字幼安,号稼轩,宋代词人。

辛弃疾

西江月

明月别枝惊鹊,
清风半夜鸣蝉。
稻花香里说丰年,
听取蛙声一片。

七八个星天外,
两三点雨山前。
旧时茅店社林边,
路转溪桥忽见。

鹧鸪天·博山寺作

不向长安路上行。
却教山寺厌逢迎。
味无味处求吾乐,
材不材间过此生。

宁作我,岂其卿。
人间走遍却归耕。
一松一竹真朋友,
山鸟山花好弟兄。

辛弃疾

清平乐·村居

茅檐低小,
溪上青青草。
醉里吴音相媚好,
白发谁家翁媪。

大儿锄豆溪东,
中儿正织鸡笼。
最喜小儿亡赖,
溪头卧剥莲蓬。

西江月·遣兴

醉里且贪欢笑,
要愁那得工夫。
近来始觉古人书,
信着全无是处。

昨夜松边醉倒,
问松我醉何如?
只疑松动要来扶,
以手推松曰去!

辛弃疾

西江月（示儿曹，以家事付之）

万事云烟忽过，
百年蒲柳先衰。
而今何事最相宜？
宜醉宜游宜睡。

早趁催科了纳，
更量出入收支。
乃翁依旧管些儿，
管竹管山管水。

辛弃疾

丑奴儿

少年不识愁滋味,
爱上层楼。
爱上层楼,
为赋新词强说愁。

而今识尽愁滋味,
欲说还休。
欲说还休,
却道天凉好个秋。

辛弃疾

生查子

悠悠万事功,
矻矻当年苦。
鱼自入深渊,
人自居平土。

红日又西沉,
白浪长东去。
不是望金山,
我自思量禹。

南歌子(新开池,戏作)

散发披襟处,
浮瓜沉李杯。
涓涓流水细侵阶。
凿个池儿,
唤个月儿来。

画栋频摇动,
红蕖尽倒开。
斗匀红粉照香腮。
有个人人,
把做镜儿猜。

辛弃疾

破阵子(为陈同甫赋壮词以寄之)

醉里挑灯看剑,
梦回吹角连营。
八百里分麾下炙,
五十弦翻塞外声。
沙场秋点兵。

马作的卢飞快,
弓如霹雳弦惊。
了却君王天下事,
赢得生前身后名。
可怜白发生。

清平乐(独宿博山王氏庵)

绕床饥鼠,
蝙蝠翻灯舞。
屋上松风吹急雨,
破纸窗间自语。

平生塞北江南,
归来华发苍颜。
布被秋宵梦觉,
眼前万里江山。

菩萨蛮（金陵赏心亭为叶丞相赋）

青山欲共高人语，
联翩万马来无数。
烟雨却低回，
望来终不来。

人言头上发，
总向愁中白。
拍手笑沙鸥，
一身都是愁。

蒋捷

霜天晓角

人影窗纱，
是谁来折花？
折则从他折去，
知折去、向谁家？

檐牙，
枝最佳。
折时高折些。
说与折花人道：
须插向、鬓边斜。

■ 蒋捷（约1245—约1305），字胜欲，号竹山，宋代词人。

杨慎

临江仙

滚滚长江东逝水，
浪花淘尽英雄。
是非成败转头空。
青山依旧在，
几度夕阳红。

白发渔樵江渚上，
惯看秋月春风。
一壶浊酒喜相逢。
古今多少事，
都付笑谈中。

■ 杨慎（1488—1559），字用修，号升庵，明代文学家。

纳兰性德

长相思

山一程,
水一程,
身向榆关那畔行,
夜深千帐灯。

风一更,
雪一更,
聒碎乡心梦不成,
故园无此声。

■ 纳兰性德(1655—1685),蒙古裔满族,原名成德,字容若,号楞伽山人,清代词人。